JN044463

人形歌集　骨ならびにボネ

Le Jardin abandonné

Kawano Megumi
Nakagawa Tari

川野芽生　人形❖中川多理

目次

骨ならびにボネ

わが夢ゆ抜けやまぬ羽根敷きつめて巣となせば夢魔のひろき翼よ

鳥となり死者帰りくる冬館にいもうとは眉ほそく眠れる

タブリエの黒きレースが世界へと投げかける影　映画のやうに

嘴をbonnet（ボネ）に隠して集ひくる庭師は庭を乗つ取るつもり

地下墓所にわれら見たりき曾祖母（おほはは）の頭骨ゆ伸ぶる嘴の太さを

いつの代の祖(おや)か墓廟の奥深く竜の背骨を見しと姉はも

人形たち、はじめからそんな顔を？　嘴さしかはしてささめく

bonnetかろく頭骨に冠(かむ)せたそがれは語りたまへよ他界の地誌を

鳥となるときはどこから　わたくしは頭骨、あなたは腕の先から

きみの眠りのほとりに憩ふ鳥たちの、白骨(しらほね)となるまでの眠りよ

空を見すぎた眼と云はれても　ふうはりとりぼんは羽根をつくつて結ぶ

ゆふまぐれのドレス広げて　褪すとふは花であること（から逃げぬこと）

いちど、　にど火を潜り抜けここへ来たビスクヘッドの月白の肌

誰の喪をあなたは生きることになる　眼窩はひかりを溜めておく場所

火傷の痕ほほにひからせ笑まふありこの春焼け落ちたりし館に

燃ゆるドレスの裾をしたがへ　あなたは　目を閉ぢてゐるもう翔んでゐる

ビスクヘッドはしづかな卵　笑まふたび罅割れてその銀色の冬

野焼きののちはげしく萌ゆる予感もて少女ねむれりあらゆる庭に

廃園に鳥ねむりゐる永遠の冬を　発つ、　とは現を置いてゆくこと

＊

骨のかたちにボネ沿はすれば天蓋と頭蓋のあひに翼ひらきぬ

眼玉ならびにメダイユ

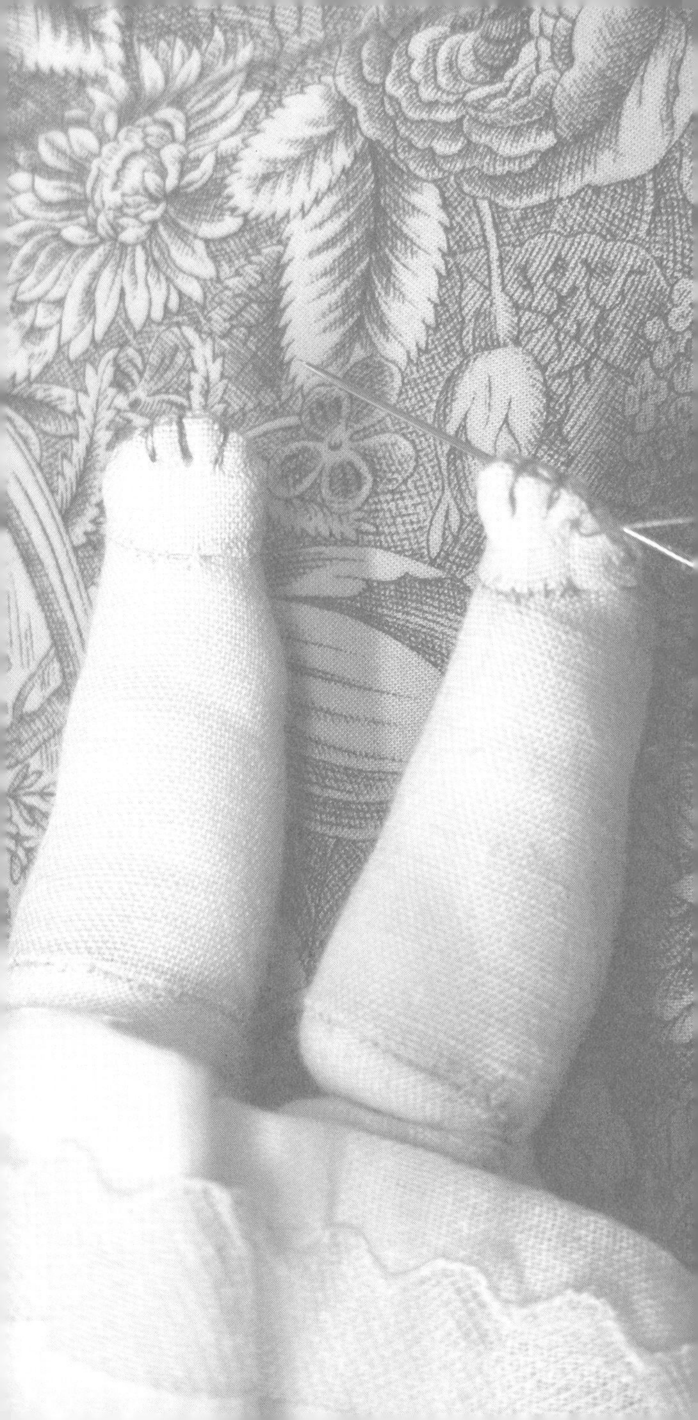

白きボネかむつて白き鳥は来てむちむちとしたあしにて座る

きみはいつか死んだいもうと　違う？　世界を夢みてるほうのいもうと？

灰色のドレスをまとひ、これはきみが焼かれたときの灰ではないね

メダイユを提げて鳥たちなにものに守護をゆだねて眠りゐるらむ

鳥はおのおのはじめて飛びし空の色をメダイユとして賜るといふ

鳥はおのおの死のきはに飛ぶ空の色をメダイユとして生れくるといふ

焼け残り金の湖となるといふ眼球（まなこ）はときにまなぶた恋へり

わたしたちの朽ちたるのちの千年を鳥は蕾のかたちに眠る

Ashes to ashes. わたしの灰より立ち上がるあした、 あなたを灰鳥(アスカ)と呼ばな
鳥の骨を枕辺に置き少女らは次は小鳥として目覚めむと

＊

異国より鳥来るはるの、くれなゐは産着の色にして老いの色

あたまならびにアンテナ

1

さくらんぼみたい。　あたまにアンテナを生やしてカノープスと交信

骸骨と赤子はいつも似てゐるな。　果てしない花畠の行進（マーチ）

首かしげ空を見てゐる幼子の、　茄子のごとそのおなかがまるい。

いちばんのにいさんだから耳ふたつ立てて季節の先頭をゆく

*

骨の猫夢みてゐたり亡びたる星より来たる子らの遠足

2

犬などに任せておけぬ。 鈴帯びて鳥居の左右に立つ狐たち

狛狐は鳥居を入りしことなくて〈狐高〉と特攻服に刺繍す

狼との混血なれば片眼にて視てをり絶滅以前の夏を

耳の欠けたる番長はすこしハイカラで包帯代わりの仏語新聞

聖俗を縫ひ綴ぢて鳥居立つなれど、　ときにほつれぬ明き夜など

月の肌理滑らかならず焼きいもの皮剝けば黄金(きん)したたるばかり

鈴を鳴らして折ふしに古歌口遊む夏の夜のいなせな狐たち

*

夜祭に狐の面を贖(か)ひしのみに狐自警団に紛れ込みたり

3

宇宙旅行の守護聖人を思ひつつフリルはワープに似てゐる、ときみ

天体は骨なればかく暫くして月のうさぎも一羽と数ふ

縫ひ目より真珠こぼるるごとき夜半、　宇宙歩行士となるぼくたちは

赤・青・黄がそろつてゐれば何処へでもゆける立ち止まれる躊躇へる

*

うさぎより耳伸びやまぬ痛みもて銀河は果てを探してをりぬ

4

仏蘭西ぱん専用肩掛けかばんかけ　遠いところを遠くしにゆく

仏蘭西ぱんのやうな手足で　食べないで　ゆかう、すべては巡礼ならば

ぱんくづの雨降る中を　まだ雨と光の区別を知らずにすすむ

一バゲット、二バゲットゆき九バゲット、十バゲットゆきくたびれるあし
バゲットを杖としあゆむみづからの果てを知らざる小麦畑を

仏蘭西ぱんの中ふはふはの綿のとこ、ぼくの内がはのふはふはのとこ

仏蘭西ぱんは外骨格であることをなに食べて昼の月ふとりゆく

仏蘭西ぱん枕にねむる　星くづがあなた（だれか）の口から落ちる

*

ありあはせの布(きれ)をあつめてなんどでもつくつてほしいぼくのからだを

川野芽生❖Kawano Megumi

歌人、小説家。二〇一八年、第29回歌壇賞受賞。第一歌集『Lilith』（書肆侃侃房、2020）にて第65回現代歌人協会賞受賞。小説に短篇集『無垢なる花たちのためのユートピア』（東京創元社、2022）、掌篇集『月面文字翻刻一例』（書肆侃侃房、2022）、長篇『奇病庭園』（文藝春秋、2023）『Blue』（集英社、2024）がある。エッセイ集に『かわいいピンクの竜になる』（左右社、2023）。評論集『見晴らし台』（ステュディオ・パラボリカ）、第二歌集準備中。

中川多理❖Nakagawa Tari

人形作家。埼玉県岩槻市生まれ。筑波大学芸術専門学群総合造形コース卒業。DOLL SPACE PYGMALIONにて吉田良氏に師事。札幌市にて人形教室を主宰。作品集に『Costa d'Eva イヴの肋骨』『夜想#中川多理——物語の中の少女』、『薔薇色の脚』、山尾悠子との共著『小鳥たち』『新編 夢の棲む街』（いずれもステュディオ・パラボリカ刊）など。

https://www.kostnice.net

中川多理展「廃鳥庭園～Le Jardin abandonné」
２０２３年12月15日～２０２４年１月15日パラボリカ・ビス
P08 撮影／篠塚伊周

中川多理展「廃鳥庭園～Le Jardin abandonné」頌II
人形歌集　骨ならびにボネ
２０２４年５月31日発行
短歌◆川野芽生　人形・写真◆中川多理
発行人／アートディレクター◆ミルキィ・イソベ
編集◆今野裕一（ペヨトル工房）　デザイン◆ミルキィ・イソベ＋安倍晴美
発行◆株式会社ステュディオ・パラボリカ
東京都台東区花川戸１-13-９ 第２東邦化成ビル５F　〒１１１-００３３　☎０３-３８４７-５７５７／℻０３-３８４７-５７８０
印刷製本◆中央精版印刷株式会社

ISBN978-4-902916-51-5 C0092